TARA DUNCAN

D'après la série littéraire *Tara Duncan* de Sophie Audouin-Mamikonian,
publiée aux éditions du Seuil et Flammarion.

ISBN : 978-2-08-124152-7
Loi n° 49-956 du 16 juillet 1949 sur les publications destinées à la jeunesse.

Conception graphique : Frédérique Deviller - Mise en pages : Raphaël Hadid

Tara Duncan

Le Sceptre caché

Seuil
Flammarion

TARA DUNCAN
et l'équipe Alpha

TARA DUNCAN
Première de l'équipe Alpha

Tara a dix-sept ans. Elle est la petite-fille d'Isabella Duncan, sortcelière réputée, avec qui elle vit depuis que sa mère a disparu. Elle est étudiante.

Jets de magie De couleur bleue.
Familier Galant, un Pégase haut de deux mètres et équipé de serres rétractiles.
Cristal portatif et Pierre Vivante

CALIBAN DAL SABAN, dit Cal

Deuxième de l'équipe Alpha

Cal a dix-huit ans. Fils d'une famille de Voleurs Patentés, il est malin ; farceur, il est le roi des gadgets. Il travaille dans un vidéoclub.

Jets de magie De couleur or.
Familier Blondin, un renard.
Cristal portatif Doté de rayons X permettant de voir à travers les murs.

GLORIA DAAVIL, dite Moineau

Troisième de l'équipe Alpha

Moineau a dix-sept ans. Elle est l'arrière-arrière-arrière-arrière-petite-fille de la Belle et la Bête. Elle peut se transformer en monstre de trois mètres de haut. Elle travaille dans une animalerie.

Jets de magie De couleur rose.
Familier Sheeba, une panthère argentée.
Cristal portatif Connecté aux intelligences artificielles d'AutreMonde.

L'univers de TARA DUNCAN

LA PLANÈTE AUTREMONDE

Située dans la galaxie du Pégase, la planète magique AutreMonde est composée de royaumes et d'Empires dirigés par des sortceliers qui sont dotés de pouvoirs magiques. Il en existe de différentes espèces : elfes, dragons, harpies, loups-garous, sirènes, salterens, tritons, Vampyrs, zombies…

Les Semchanach sont des sortceliers renégats qui ont renié les lois d'AutreMonde et qui viennent sur Terre pour voler des richesses ou des pouvoirs qui n'existent pas sur AutreMonde.

Les Guetteurs sont chargés de chasser les Semchanach. Le chef des Guetteurs et gardien de la Terre est le dragon bleu Chemnashaovirodaintrachivu, dit « Maître Chem ».

SUR TERRE

D'AutreMonde, on accède à la Terre par une porte de transfert. Sur Terre vivent les Nonsos, les humains « non sortceliers » à qui il faut cacher l'existence de la magie.

L'équipe Alpha – composée de Tara, Cal et Moineau – est sur Terre pour chasser et capturer les Semchanach. Ils vivent tous les trois à Rosemond dans un manoir avec leurs familiers, ainsi que Isabella Duncan, la grand-mère de Tara, et Manitou, son arrière-grand-père transformé en chien.

Contrairement à Cal et à Moineau, qui sont AutreMondiens, Tara a été élevée sur Terre et ne maîtrise pas très bien ses pouvoirs, tellement ceux-ci sont puissants.

Chapitre I

Menace sur Rosemond

La Harpie se laisse porter par un courant ascendant et reprend de l'altitude. Sous ses ailes puissantes défilent les charmantes rues de Rosemond ainsi que les plages et les falaises bordées par l'océan. Nélos aime se laisser ainsi bercer par les vents contraires. Aucun bruit de l'activité humaine ne parvient jusqu'à elle, seul le sifflement de ses plumes fendant l'air accompagne son vol dans un ciel sans nuages.

La créature décide de stabiliser son altitude. Elle est maintenant suffisamment haut dans le ciel pour que personne ne puisse la voir du sol. La femme-oiseau possède deux bras, deux jambes, mais ses pieds se terminent par de longues griffes acérées et son corps est recouvert d'un duvet de fines plumes. Deux yeux perçants, un nez, une bouche aux canines proéminentes, et de grandes ailes à plumes qu'elle peut rétracter derrière son dos lorsqu'elle est au sol : voilà la nouvelle menace qui pèse sur Rosemond.

Grrr ! Les humains ! Que la Harpie déteste cette race ! Et cette planète, quelle horreur ! Tout ce bleu, tout ce soleil… Les Montagnes du Tador sur la planète magique AutreMonde lui manquent déjà. Il lui tarde de retrouver le froid, la neige, les hurlements injurieux de ses congénères, et de pouvoir partager sa grotte avec le compagnon qu'elle s'est choisi. Mais, pour cela, il lui faut mettre la main sur un objet démoniaque qui est caché ici même ! Toute son attention est focalisée sur une bâtisse qui surplombe les hauteurs de la ville : le Manoir Duncan.

Nélos pousse un cri rauque. Voilà ce maudit Manoir Vivant ! Elle n'a qu'une envie : fondre dessus pour y récupérer ce qu'elle est venue chercher, mais elle sait que toute intrusion par la force est vouée à l'échec. Il faut qu'elle réfléchisse à un stratagème. Ce Manoir est doué d'une vie, d'une conscience, et surtout de pouvoirs magiques puissants qui en font l'endroit le plus sécurisé de cette planète. Non seulement une force invisible repousserait toute tentative d'intrusion, mais les sortceliers qui y habitent seraient aussitôt alertés par sa présence ici. Et pas n'importe quels sortceliers : des Guetteurs ! Des humains ayant reçu des gouvernements d'AutreMonde la mission de veiller sur la Terre, de garder secrète l'existence de la magie pour les humains sans pouvoir, les Nonsos, et de lutter contre tout renégat en provenance d'AutreMonde, les Semchanach.

Semchanach ! Une renégate ! Voilà ce que Nélos a choisi de devenir en utilisant sans permission une porte de transfert reliant la Terre à AutreMonde.

Soudain, l'attention de la Harpie est attirée par deux individus qui quittent le Manoir et prennent le chemin de terre descendant vers les faubourgs de Rosemond.

Et si elle trouvait plutôt un moyen de faire sortir l'objet du Manoir ? Ses yeux jaunes se mettent à scintiller. L'idée est excellente !

Tout en prenant soin de rester invisible, Nélos plane au-dessus du garçon et de la fille. Si elle ignore qui est le jeune mâle, la fille

blonde à ses côtés n'est pas une inconnue : Tara Duncan, la célèbre et puissante sortcelière que tous les Semchanach d'AutreMonde redoutent. Membre des Guetteurs, elle est aussi la petite-fille d'Isabella Duncan, une autre sortcelière qui n'inspire pas moins de crainte parmi les renégats, bien au contraire ! Mais il faut plus que la renommée de la famille Duncan pour décourager une Harpie aussi déterminée que Nélos.

Sans se douter de la menace qui pèse au-dessus de leur tête, Tara est en grande discussion avec Cal, un de ses meilleurs amis et surtout un membre comme elle de l'équipe Alpha, la cellule d'intervention de Guetteurs la plus performante en poste actuellement sur Terre.

— Nous aurions peut-être dû utiliser un Transmitus pour nous rendre à l'animalerie, s'inquiète Tara. Moineau semblait vraiment pressée qu'on la rejoigne.

— Ne stresse pas, Tara, répond Cal. Pour une fois que nous n'avons pas à nous précipiter aux trousses d'un Semchanach ! Oublions un moment la magie et profitons du paysage.

Le garçon contemple la baie de Rosemond. Ses cheveux noirs et coiffés en pétard ondulent sous le souffle d'une brise marine.

— Même sur AutreMonde, les océans n'ont pas un bleu aussi intense qu'aujourd'hui, ajoute-t-il.

Contrairement à Tara, qui a grandi sur Terre, Cal ainsi que Moineau, le troisième membre de l'équipe Alpha, sont AutreMondiens. Ils ont tous les deux quitté leur planète pour être avec Tara… ce dont la jeune fille ne les remerciera jamais assez. Car vivre avec des pouvoirs secrets n'aide pas à se faire des amis sur Terre. Avec Cal et Moineau, aucune cachotterie, ils sont les seuls avec lesquels elle peut être elle-même.

— Tu as raison, reconnaît Tara, tandis qu'ils entrent dans Rosemond. Oublions la magie ! Il s'agit juste d'aller aider une amie à choisir une petite robe.

Cal pousse un petit sifflement.

— « Une petite robe », dis-tu ? Si tu veux mon avis, il y a du rendez-vous galant dans l'air…

Tara s'arrête de marcher, surprise. Moineau aurait un rendez-vous avec un Nonsos ?! L'idée ne lui était pas venue à l'esprit. Après tout, pourquoi pas ? Moineau est jolie, intelligente et généreuse. Elle est sensible et pleine d'humour. Néanmoins, Tara a du mal à imaginer Moineau surmontant sa timidité pour faire les yeux doux à un garçon.

— Je me souviens, continue Cal, à la dernière fête Nonsos où nous étions invités, Moineau est restée en grande conversation pendant une partie de la soirée avec un garçon de Rosemond High, un blondinet assez quelconque, un Nonsos, quoi !

— Ah ? s'étonne Tara. Je n'avais rien remarqué…

— Ce genre de chose ne m'échappe pas, se gargarise son ami. Les filles timides cachent parfois bien leur jeu, mais j'ai l'œil. Normal, j'ai de l'expérience.

— J'oubliais à quel point tu étais expert en psychologie féminine, relève Tara, le regard narquois.

— Un expert ! Exactement, voilà ce que je…

Cal aperçoit le petit sourire en coin de son amie.

— Hé, mais tu te moques, en fait !

Tara éclate de rire et part en courant, laissant le jeune garçon sur place.

— Attends un peu que je te rattrape ! crie Cal.

Non loin de là, Nélos atterrit en toute discrétion.

— Par l'Habillus ! incante la Semchanach.

Des volutes de fumée noire s'échappent de ses mains et font apparaître une paire de lunettes sombres ainsi qu'une toile verte dans laquelle la Harpie s'emmitoufle, dissimulant ainsi ses ailes repliées. Elle s'élance à la suite des deux Guetteurs, telle une ombre malfaisante.

— Dans une heure, il faut changer l'eau des perruches. Après, tu penses à vérifier la température de l'aquarium, les chatons ont mangé, mais pas les chiots. Ne déplace pas le cacatoès trop près des chinchillas, ça les stresse ! Et puis, Cal, si tu peux éviter de jurer près du cacatoès. Qu'est-ce que j'ai oublié ?

Moineau compte sur ses doigts les recommandations qu'elle souhaite communiquer à Cal, qui va la remplacer pour l'après-midi.

— J'avais pourtant une cinquième chose à te dire. Qu'est-ce que ça peut être, bon sang !?

— Moineau, ce n'est pas la première fois que je m'occupe de ta boutique, ne t'inquiète pas, je…

— JE SAIS ! hurle-t-elle en faisant sursauter tout le monde.

— Je sais ! Je sais ! Je sais ! reprend en chœur le cacatoès.

Cal et Tara échangent un regard surpris. Il est rare de voir leur amie perdre son calme pour si peu, elle qui d'habitude est sereine et posée en toutes circonstances.

Moineau saisit un casier de transport rangé à côté du comptoir. Il contient un adorable petit chat au pelage gris.

— Sa nouvelle propriétaire passera tout à l'heure. Tout est déjà payé. J'ai mis son nom sur le livre de compte.

— « Camille Colombine », lit Cal sur la facture, voilà un nom tout mignon… Est-elle jolie, cette…

— ET INTERDICTION DE PASSER TON APRÈS-MIDI À FAIRE DU CHARME À MES CLIENTES ! rugit Moineau.

Tara s'interpose.

— Du calme, Moineau, sinon tu vas te transformer.

Moineau s'assoit. Ce n'est effectivement pas le moment de se métamorphoser en cette créature haute de trois mètres, tout en poils, en crocs et autres cornes… Une capacité qu'elle a héritée de ses ancêtres, la Belle et la Bête.

— Pardon, Cal, je suis un peu tendue, reconnaît la jeune fille.

— Je vais veiller sur ta boutique comme sur la mirabelle de mes yeux. Juré, léché !

La colère de Moineau redouble.

— CAL ! ON DIT *comme à la prunelle de mes yeux* et *juré, craché*. QUAND TE DÉCIDERAS-TU À APPRENDRE LES EXPRESSIONS NONSOS UNE BONNE FOIS POUR TOUTES… HEIN ?!

Tara l'entraîne vers l'extérieur.

— Allez, le monstre hurlant ! Rien de tel qu'un peu de shopping pour passer ses nerfs ! Salut, Cal, bon courage !

Les deux filles sortent. Cal respire enfin.

Franchement, Moineau n'a aucune inquiétude à avoir. Les animaux l'adorent.
— N'est-ce pas, mon minou ? dit-il au chat en essayant de le chatouiller à travers la grille du casier.

La patte griffue du petit félin est sans pitié pour le doigt du jeune Guetteur.
— Aïe ! Par les tripes fumantes de Bendruc ! crie-t-il sous la griffure.
— PAR LES TRIPES FUMANTES DE BENDRUC ! PAR LES TRIPES FUMANTES DE BENDRUC ! se met à crier le cacatoès.

Aussitôt, les chiens aboient et chinchillas, hamsters, cochons d'Inde, perruches s'agitent dans tous les sens, suivis des miaulements déchirants des chatons. Le bruit de la ménagerie oblige Cal à se boucher les oreilles. Le garçon soupire. L'après-midi risque d'être long.

Dans la rue, Tara et Moineau marchent en silence. Tara n'y tient plus.

— Moineau, tu ne veux toujours pas me dire pourquoi tu veux à ce point à acheter une nouvelle robe ?

Les joues de son amie s'empourprent.

— J'ai… Euh… Sur AutreMonde, j'utilisais toujours la magie pour m'habiller… Mais ici, j'ai envie de faire comme toutes les filles de mon âge.

Tara fait la moue. Elle ne trouve pas l'explication particulièrement convaincante. Et si Cal avait raison ?

— Tu as un rendez-vous amoureux ? demande-t-elle de but en blanc.

Moineau trébuche et rétablit son équilibre de justesse. Rouge comme une pivoine, elle se tourne vers Tara.

— Tu tiens à ce que je me transforme en pleine rue ou quoi ?

Tara pouffe de rire.

— J'ai touché un point sensible, on dirait !

Moineau ne répond rien et fait semblant

d'être fâchée. Tara l'attrape par le bras, complice.

— Allez, cachottière, j'aperçois la boutique *Girl's Paradise*, nous allons commencer par là.

Les deux amies attendent que le tramway passe puis traversent la rue en courant. Aucune d'entre elles ne remarque qu'elles sont suivies.

À travers ses lunettes noires, Nélos la Harpie ne quitte pas des yeux les jeunes sortcelières qui entrent dans le magasin de vêtements.

— Gloria Daavil dite « Moineau »! Cette glaire de Troll est donc la troisième de l'équipe Alpha, se réjouit-elle. Quel venimeux hasard! Je sais maintenant comment obtenir ce que je suis venue chercher!

À l'intérieur de *Girl's Paradise*, la vendeuse a renoncé à s'occuper de ses deux seules

clientes du début d'après-midi. La première, une jeune fille brune, accompagnée d'une amie, semble avoir entrepris d'essayer l'intégralité des vêtements du magasin. La seconde, quant à elle, refuse d'essayer quoi que ce soit et se contente de déambuler entre les rayons, toute voûtée, comme si elle se cachait. Son affreux vêtement vert forme une sorte de bosse dans son dos.

Au fond de la boutique, Tara fait le pied de grue devant les cabines d'essayage. Une montagne de vêtements s'est formée et elle a renoncé à les remettre en rayon au fur et à mesure.

— Je peux te passer quelque chose d'autre? demande Tara, tenant deux nouvelles robes à la main.

Tara mise tous ses espoirs sur les tenues en lin qu'elle lui passe par-dessus la porte de la cabine. Espoirs de courte durée.

— Ce n'est pas moi, cette robe! C'est trop habillé pour… pour ce que j'ai à faire…

— Moineau, si tu ne me dis pas pour quelle occasion précise tu veux te relooker, je ne peux pas t'aider ! s'exclame Tara, découragée.

Son amie se contente de passer la tête par la porte entrebâillée.

— Je réessaierais bien la robe, tu sais, la rouge, avec un motif aux épaules.

— Grrrr… tu exagères, bougonne Tara en se relevant. C'est la première que tu as essayée, et je l'ai rangée…

Tara part alors à la recherche de la robe rouge. Nélos en profite et se faufile jusqu'à la cabine voisine de celle de Moineau. La Harpie fait jaillir une de ses griffes, au bout de laquelle perle une goutte de venin.

— Par le Transformus, chuchote Nélos, que le venin qui ôte la vie devienne poison qui la pourrit !

La goutte de venin devient une boule d'énergie qui, tel un éclair, traverse la cloison de la cabine et frappe Moineau dans le dos.

À l'autre bout du magasin, Tara et la vendeuse entendent Moineau pousser un cri.

— Que lui arrive-t-il ? s'inquiète la femme derrière son comptoir.

— Encore une robe qui ne va pas, soupire Tara.

Soudain, le collier qu'elle porte autour du cou se met à vibrer.

— Galant !? Que se passe-t-il ? Mais non, pas maintenant… chuchote Tara en mettant la main sur le pendentif.

Comme la plupart des sortceliers, Tara possède un familier, un animal avec lequel elle est mentalement reliée ; et comme tous les Guetteurs en poste sur Terre, son familier – un Pégase du nom de Galant – vit le plus souvent sous la forme d'un collier afin de protéger sa maîtresse où qu'elle soit.

Galant se contente de vibrer une seconde

fois, signe qu'il veut juste alerter Tara sur un danger que ses sens décuplés ont détecté.

Tara regarde alors autour d'elle et aperçoit une silhouette encapuchonnée qui file à travers les rayonnages avant de sortir en trombe de la boutique.

— Un Semchanach ? Voilà ce que tu as senti, Galant ! murmure la jeune sortcelière.

Tara hésite à retourner prévenir Moineau, mais elle n'en a pas le temps. Un Semchanach non répertorié sur Terre ! Voilà une priorité que Moineau comprendra.

Tara lance la robe rouge à la vendeuse.

— Tenez, prenez le relais ! Et bon courage !

Avant que la vendeuse puisse protester, Tara est déjà dehors sur les traces de ce qu'elle devine être une créature d'AutreMonde.

Si Tara savait, jamais elle n'aurait abandonné Moineau…

Chapitre 2

Bataille aérienne

— Litière, croquettes, collier, herbe à chat, shampoing anti-puces… voilà, je crois que tout y est ! dit Cal en posant un sac rempli d'accessoires à côté du casier du chat.

Le sortcelier est aux anges. Non seulement

« Camille Colombine » est vraiment très, très jolie – brune, les cheveux ramenés en arrière à l'aide d'une paire de lunettes de soleil utilisée coquettement en serre-tête, de grands yeux verts en amande… Cal est sous le charme – mais en plus la jolie Nonso ne semble pas insensible au jeune vendeur.

— PAR LES TRIPES FUMANTES DE BENDRUC ! crie à nouveau le cacatoès.

— Qui est ce « Bendruc » dont il nous rebat les oreilles ? demande Camille en riant.

Cal se frotte la nuque, très embêté. Il se voit mal lui apprendre que Bendruc le Hideux était un démon célèbre sur AutreMonde pour porter son appareil digestif à l'extérieur de son corps. Il se contente de hausser les épaules et détourne la conversation.

— Savez-vous comment vous allez appeler le chat ?

— J'hésite entre plein de petits noms, je ne sais pas lequel choisir. Et si tu m'aidais ?

Le passage du vouvoiement au tutoiement donne des ailes au garçon.

— Très volontiers. Nous serions mieux pour en discuter autour d'un verre, par exemple à la *Sorcière d'Argent*, en fin de journée ?

Cal est étonné de sa propre audace. Loin de s'offusquer, le sourire de sa jolie cliente n'en est que plus éclatant.

— Avec grand plaisir, déclare Camille. Donne-moi ton adresse et je passe te prendre si tu veux. À 18 heures ?

Parfaite ! Cette journée est décidément parfaite ! se dit-il une fois seul.

Le souvenir du sourire et du regard de Camille fait nager Cal dans une mer de douces rêveries. Hélas ! Ça ne peut pas durer !

Son cristal – un terminal de communication que chaque Guetteur porte à son poignet – se met à sonner, le faisant redescendre brutalement sur terre. Il effleure du doigt la surface lisse du cristal et l'image de Tara y apparaît.

— Cal ! Je suis à la poursuite d'un Semchanach dans Rosemond.

Cal soupire. C'était trop beau. Et voilà ! Fini la tranquillité ! Encore une mission !

— J'ai abandonné Moineau à son shopping, continue Tara, et j'ai pris le renégat en filature. Peux-tu prévenir Maître Chem pour savoir s'il a des renseignements à nous donner ? En attendant, je vais essayer de découvrir à quelle race appartient notre visiteur.

— Tu as besoin d'aide ? demande Cal.

— Je gère. Au fait, Cal, je pense que tu as raison : Moineau doit avoir un rendez-vous ce soir avec un Nonsos, il n'y a pas d'autre explication.

— Je le savais ! s'écrie Cal, fier de son intuition.

Et elle n'est pas la seule, ajoute-t-il pour lui-même.

Tara déconnecte son cristal et reprend sa filature. La silhouette s'est engagée dans les ruelles de la vieille ville, beaucoup moins fréquentées, et paraît marcher sans but précis.

— Il n'a quand même pas traversé deux galaxies juste pour faire du tourisme ?!

Effectivement, le Semchanach semble en promenade et s'attarde particulièrement devant les maisons en pierre les plus délabrées. Tara n'a plus envie d'attendre. Autant l'appréhender maintenant, tant que la rue est déserte.

— Comme le dit Maître Chem, « la place d'un Semchanach, c'est pieds et poings liés dans une porte de transfert avec un billet simple pour AutreMonde » ! Par le Paralysus !

La magie bleue de Tara fuse de ses mains vers le Semchanach, mais la trajectoire du sort a la malchance de croiser le vol d'un pigeon qui n'avait rien demandé à personne. Le volatile retombe au sol, paralysé, épargnant le mystérieux renégat.

Il en perd malgré tout sa cape, libérant d'immenses ailes qui se déploient.

— Une Harpie ! s'étrangle Tara.

La Semchanach reconnaît aussitôt la Guetteuse et attaque à son tour… par un Supplicius ! Le sort le plus douloureux qui existe ! Tara l'évite de justesse.

Un Supplicius ? Le ton est donné !

— Que fais-tu ici ? crie Tara. Les Harpies ont envie de participer à la Semaine de la mode, peut-être ?

— Plus que tu ne le crois, bouse dorée de Traduc malade dont la magie pue des pieds !

Comme toutes les Harpies, Nélos ne sait pas s'exprimer sans utiliser d'insultes à chaque phrase. La créature s'élance et s'envole à tire-d'aile dans le ciel de Rosemond.

— Si tu crois pouvoir m'échapper ! Galant ! J'ai besoin de toi.

La jeune sortcelière décroche son collier et le jette en l'air. Celui-ci explose dans un flash de lumière blanche et un magnifique Pégase redescend en piqué sur Tara. La jeune fille attrape au passage la crinière du fabuleux animal, se hisse sur son dos, cale ses genoux à la naissance des ailes et s'envole à la poursuite de la Harpie.

À l'animalerie, Cal est en pleine conversation sur son cristal avec un dragon bleu et argent. Il s'agit de Maître Chem, le Haut Mage responsable de la protection de la Terre contre les renégats d'AutreMonde.

— À quel type de créature avons-nous affaire cette fois-ci ? demande le dragon.

— Nous l'ignorons encore, répond Cal au chef des Guetteurs. Tara suit discrètement l'intrus pour le découvrir.

Voilà une nouvelle qui ne rassure qu'à moitié le dragon, car les pouvoirs de Tara, lorsqu'ils entrent en action, sont tout sauf discrets !

— Très bien, finit par dire Maître Chem, je suis actuellement à un récital du prince Maximilien Trond'or du Lancovit en compagnie de tous les Hauts Mages, mais je reste joignable à tout moment. Je compte sur vous pour me tenir au courant de l'évolution de la situation…

— À ce propos, l'interrompt Cal, je me demandais si exceptionnellement ce soir je pouvais me faire remplacer, car moi aussi j'ai une vie sociale et je…

— Hors de question, tonne son supérieur, vous avez une mission ! Capturez-moi ce Semchanach !

La communication avec AutreMonde est brutalement coupée. Cal soupire. Pourvu que Tara mette vite fait la main sur ce Semchanach de malheur, sinon il peut faire une croix sur son rendez-vous.

Bien haut au-dessus de l'animalerie, l'équipage que forment Tara et Galant traverse les airs.

— Fonce, Galant ! Plus vite ! Nous l'avons presque rattrapée.

Mais c'est sans compter sur l'agilité de la Harpie qui, arrivée à un champ de nuages épars, dévie brusquement sa course dans un sens puis dans un autre. Si le Pégase est plus rapide en vol direct, Nélos en revanche manœuvre plus facilement. Elle les distance à nouveau.

— Changement de tactique, Galant ! annonce Tara. Technique de l'épervier, on monte !

Rompu par des heures d'entraînement, Galant abandonne la poursuite et file comme une fusée de plus en plus haut. Lorsque Nélos se retourne, ses poursuivants ont disparu. Elle ralentit son vol pour regarder tout autour d'elle, inquiète.

Ayant atteint la hauteur d'une centaine de mètres juste au-dessus de la Harpie, le Pégase ramasse ses ailes et plonge, tombant comme une pierre. Tara se cramponne de toutes ses forces à la crinière de l'animal.

C'est le bruit des ailes du Pégase qui se déplient au dernier moment pour freiner sa

chute avertissant la Harpie du danger qui arrive au-dessus de sa tête à la vitesse d'un boulet de canon. Il est trop tard pour esquiver. Les serres rétractiles du Pégase se referment sur elle, l'entraînant dans une vrille qui menace d'éjecter Tara dans le vide à tout instant.

— Fiente de démon dégénéré ! hurle la Harpie en se débattant. Lâche-moi, sale rognon de canasson boiteux !

Tara n'a qu'une peur, c'est qu'un coup de griffe atteigne le poitrail de Galant. Ce serait sa mort assurée, car il n'existe aucun antidote au venin sécrété par les Harpies. De plus, le sol s'approche à toute allure. Il faut agir ! Tara enfonce sa main gauche au plus profond de la crinière de son familier afin de raffermir sa prise et incante un Paralysus de sa main droite. Au moment de se baisser pour viser la Harpie, celle-ci envoie un grand coup d'aile qui frappe Tara à la tempe, lui faisant voir trente-six chandelles. Elle sent ses jambes glisser autour de Galant avant d'être aspirée par le vide en tournoyant.

Galant sent la détresse de sa maîtresse à l'instant même où elle s'est fait assommer. Il n'hésite pas une seconde. Il se dégage de la Harpie et plonge pour rattraper Tara, qu'il saisit avec douceur. Grâce aux stimuli mentaux que lui envoie son familier, la sortcelière sort de son étourdissement, agrippe la crinière et se remet « en selle » non sans difficulté. Le Pégase ralentit son vol et finit de se stabiliser afin que Tara reprenne son souffle. Elle regarde autour d'elle. La Harpie a disparu.

— Tant pis ! déclare Tara en se frottant la tête. J'espère au moins que nous lui avons fait assez peur pour qu'elle retourne d'elle-même sur AutreMonde. Maître Chem prendra le relais. Allez, mon beau, direction la boutique. Croisons les doigts ! Moineau a peut-être fini par trouver son bonheur ?!

Lorsque Tara arrive au magasin de vêtements, Galant a repris sa place autour de son cou. La jeune fille est surprise par le calme qui règne dans la boutique. Elle aperçoit une main qui émerge de derrière le comptoir et se saisit après tâtonnement du combiné d'un téléphone.

— Allô ? La police ? Il y a un monstre dans ma boutique… Je vous jure, ce n'est pas une plaisanterie, je tiens la boutique *Girl's*…

La vendeuse n'a pas le temps de finir sa phrase, figée par un Paralysus. Tara n'aime pas utiliser la magie sur des Nonsos innocents, mais parfois il n'y a pas le choix : l'existence d'AutreMonde doit rester secrète, coûte que coûte.

Un monstre ? Tara croit deviner de quoi, ou plutôt de qui, il s'agit.

— Moineau ? Que se passe-t-il ? demande-t-elle en s'approchant de la cabine qui laisse entrevoir deux gros pieds poilus.

— Tara ? s'écrie Moineau en reniflant bruyamment. Où étais-tu passée ?

La porte de la cabine s'ouvre sur une créature dont la corpulence occupe tout l'espace. Quelques lambeaux de ce qui était une robe sont encore accrochés à la fourrure de Moineau.

— Je suis tombée sur une Semchanach, mais elle m'a filé entre les doigts, commence Tara... Moineau, tu pleures ? Si c'est à cause de cette robe, je vais lui appliquer un Reparus et elle sera comme neuve.

— Ce n'est pas la robe, le problème, c'est... c'est moi. J'ai été frappée par un sort qui a déclenché ma transformation et depuis, psst ! plus de magie... Pas moyen de redevenir humaine.

Tara devient blême. Sa rencontre avec la Harpie n'était pas un hasard !

— Le Semchanach que je pourchassais, c'est une Harpie... avoue-t-elle à son amie.

Moineau pousse un hoquet horrifié. Une Harpie ! Leurs techniques d'empoisonnement

à base du venin qu'elles sécrètent sont incurables !

Tara se veut rassurante.

— Inutile de s'affoler pour l'instant. L'urgence, c'est de rentrer au Manoir te mettre à l'abri. Je t'emmène avec un Transmitus, puis je reviens ici faire le ménage, notamment dans la tête de la vendeuse. Par le Transmitus !

La magie de Tara s'enroule autour d'elle, prête à emmener chaque atome de son corps au Manoir, mais refuse de faire de même autour de Moineau, comme si le sort n'avait pas de prise sur son amie. Tara annule le Transmitus.

— C'est le comble, je suis en fait ENTIÈREMENT immunisée à la Magie ! s'écrie Moineau, désespérée. Comment allons-nous regagner le Manoir ? Je ne peux tout de même pas sortir dans cet état en plein après-midi !?

— Eh bien pourquoi pas ? s'exclame Tara.

Chapitre 3

Le sceptre d'or

— Le cirque Zinder ! Bientôt dans votre ville ! Ne manquez pas le cirque Zinder et ses animaux imaginaires !

Tara a mal à la gorge à force de crier ce slogan publicitaire toutes les trente secondes.

Puisque de toute façon il est impossible que Moineau regagne le Manoir sans se faire remarquer, autant attirer l'attention le plus possible afin de faire diversion sur la nature de la Bête. Tel est le plan de Tara. Et ça marche !

Au lieu de s'enfuir en hurlant à la vue de Moineau tenue en laisse par Tara, les passants croient avoir affaire à un comédien déguisé faisant la promotion d'une nouvelle attraction…

— Le cirque Zinder et ses costumes plus vrais que nature ! continue Tara. Tiens bon, Moineau, nous sommes presque arrivées à l'animalerie.

— Je n'en peux plus de marcher à quatre pattes, grogne son amie.

Soudain, elle se fige en apercevant un garçon de leur âge qui arrive face à eux.

— Pas lui ! s'écrie Moineau. Tout, mais pas lui.

— Tu parles d'Édouard ? demande Tara en

reconnaissant un garçon de sa promotion à Rosemond High.

— Salut, Tara ! dit le garçon blond arborant un franc sourire. Ne me dis pas que c'est Moineau là-dessous ?!

La Bête a un mouvement de recul et montre les crocs.

— Ben oui, bien sûr !! Non je plaisante, s'empresse de répondre Tara, c'est un comédien du cirque pour lequel je travaille afin de me faire de l'argent de poche, et...

Tara comprend alors ce que sous-entend la question d'Édouard.

— Édouard ? Tu connais Moineau ?

— Oui ! répond-il naturellement. On s'est rencontrés à une fête, tu te souviens ? On a bien parlé tous les deux... et ce soir elle m'a invité à prendre un verre, nous irons peut-être voir un film après. C'est sympa !

Moineau tire de toutes ses forces sur la laisse pour s'éloigner, entraînant Tara avec elle.

— Ah oui, sympa… Bon, désolée… on doit rentrer… Salut, Édouard ! dit Tara, emportée par la Bête.

— Édouard !? s'écrie Tara quelques mètres plus loin. Tu as invité Édouard !? Cal a raison, tu n'es pas si timide que ça !

— Sauf que si on ne trouve pas une solution pour que je me retransforme, il fuira à toutes jambes ce soir !

Lorsque Tara pénètre dans l'animalerie avec Moineau, la ménagerie qui s'en donnait à cœur joie pour donner de la voix se tait aussitôt, cacatoès compris. Il faut dire que ces énormes crocs ont tendance à rappeler à tous les pensionnaires de la boutique leur appartenance à un maillon de la chaîne alimentaire bien inférieur à celui de cet animal. En présence d'un tel prédateur, l'instinct de survie commande, si ce n'est au respect, au moins à la discrétion.

Tara a vite fait de mettre Cal au courant de la situation.

— Aïe ! De la magie Harpie! Ça ne sent pas bon…

— Et Moineau sort ce soir avec Édouard, ajoute Tara le plus naturellement du monde.

— Aïe ! répète Cal. Si nous avions été le soir de Halloween, tu aurais eu toutes tes chances…

Moineau lui répond par un rugissement peu amène.

— Et puis tu sais ce qu'on dit ici, renchérit Cal, « Peu importe l'apparence, on ne voit bien qu'avec le cœur ».

Un court silence suit la déclaration de Cal.

— Hé ! les filles, je viens de réciter un proverbe terrien sans me tromper !

— Et il faut que ce soit pour se moquer de moi ! Merci, Cal !

— J'essaie juste de voir le bon côté des choses, se défend le garçon.

— *Le bon côté des choses* ? Je suis un monstre qui ce soir va faire fuir son prince charmant

rien qu'en lui disant « bonsoir » ! Il est où, le bon côté des choses !?
— Du calme, Moineau, dit Tara. Nous allons rentrer au Manoir, car, dans ton malheur, sache que tu habites avec la personne la plus à même sur toute cette planète de pouvoir te venir en aide.
— Qui? demandent Cal et Moineau en chœur.
— Mon arrière-grand-père, bien sûr! Manitou!

Manitou Duncan était il y a très longtemps un des sortceliers les plus réputés d'Autre-Monde, un savant très doué. Croyant un jour avoir découvert le secret de l'immortalité, il tenta sur lui-même une expérience magique d'une grande complexité qui, si elle réussit à lui donner la vie éternelle, le transforma en chien. Depuis ce jour, et malgré sa condition de labrador, Manitou cherche un remède qui pourrait le faire redevenir humain.

Ce qui fait effectivement de l'arrière-grand-père de Tara une personne tout indiquée pour aider Moineau à se soigner.

Alors, dès qu'il apprend l'infortune de Moineau, Manitou s'enferme dans son laboratoire en promettant une solution. Une heure plus tard, il est de retour dans la chambre de Tara, portant une fiole dans la gueule.

— Tu sembles souffrir de l'équivalent d'un Transformus Blocus. Essaie cette potion, propose le chien en la déposant aux pieds de Moineau.

— Elle est efficace ? demande Tara.

— C'est un remède à base d'huiles magiques essentielles qui a marché à moitié sur moi. Dans la mesure où mon cas est au moins deux fois plus désespéré que celui de Moineau, nous sommes en droit d'espérer une issue favorable pour notre jeune amie.

Peu convaincue de la pertinence de ce raisonnement, Moineau se saisit quand même de la fiole de sa grosse patte velue et en verse tout le contenu dans sa gueule.

— Je ne savais pas que tu avais réussi une fois à redevenir à moitié humain, s'étonne Tara.

Le chien se racle la gorge, un peu embarrassé.

— *À moitié*… Hum… J'exagère peut-être un peu. Disons que ce fut comme une première étape. La potion m'a fait perdre tous mes poils d'un coup ; les autres chiens du quartier se moquaient tellement de moi que j'ai effectivement eu l'impression d'être sur la bonne voie… jusqu'à ce que ça repousse.

Un silence de plomb tombe aussitôt dans la chambre. Cal et Tara se tournent vers Moineau, s'attendant au pire. Leur amie lâche la fiole dont elle vient d'avaler le contenu jusqu'à la dernière goutte, et pousse un cri aigu. S'attendant à se trouver nue comme un ver d'une seconde à l'autre, elle plonge sur le lit de Tara et essaie de disparaître sous la couette, ce qui, au regard de sa corpulence, est quasiment mission impossible.

— Ne me regardez pas ! crie Moineau. Manitou ! Cal ! Dehors !

Au lieu d'obéir, Cal s'approche du lit, se saisit d'une grosse touffe de poils sur laquelle il tire un grand coup, sans pour autant réussir à l'arracher.

— Aïe ! crie Moineau.

— Rassure-toi, Moineau, la potion n'a pas l'air de fonctionner sur toi.

La Bête se redresse, à la fois soulagée et accablée.

— Qu'est-ce que je vais devenir ?

— Je suis désolé, dit Manitou.

— Et ta grand-mère ? demande Moineau à Tara. Peut-être qu'Isabella aurait un remède…

— J'en doute, répond Manitou. Et de toute façon Isabella est partie ce matin pour AutreMonde. Elle doit en ce moment même

assister au récital du prince Maximilien Trond'or du Lancovit en compagnie de tous les Hauts Mages.

Un signal sonore retentit. Il s'agit du cristal au poignet de Moineau. Cette dernière se redresse et accepte la communication.

L'image d'une Harpie apparaît en hologramme au-dessus du cristal.

— Gloria Daavil, je suis Nélos. Écoute-moi bien, épouvantail poilu, glaire de Troll asthmatique ! J'ai en ma possession l'antidote qui annulera le poison et qui te redonnera ta magie, dit la Harpie en montrant une fiole d'un liquide jaunâtre. Elle est à toi, mais à une condition : tu me donnes le sceptre d'or qui est caché dans votre maudit Manoir.

— Hé, mais c'est du chantage, ça ! Harpie au croupion négligé ! s'écrie Cal, en adoptant avec facilité le langage Harpie.

— Gloria Daavil, je te donne rendez-vous dans une heure au parc de Rosemond, près de ce que les humains appellent le « banc des amoureux ». Nous ferons l'échange : potion contre sceptre.

La Harpie finit par une insulte qui réussit même à faire rougir Cal. L'image disparaît. Communication terminée.

— Un sceptre? Quel sceptre? demande Moineau.

Cal hausse les épaules pour montrer son ignorance. Tara réfléchit. Le sceptre d'or ? Ce nom lui dit quelque chose…

— Quand nous nous sommes installés à Rosemond avec Grand-Mère, quelqu'un m'a parlé de ce sceptre… mais qui ? Ça va me revenir… Je sais ! Manitou !

Tous se tournent vers le chien qui se fige. Il essayait de quitter la chambre en douce. Raté !

— Manitou ! gronde Moineau. Pourquoi vous enfuyez-vous ?

Le chien lève les yeux au ciel. Isabella va le trucider, car il s'agit d'un secret d'État, mais après tout il estime que c'est un cas d'urgence…

— Suivez-moi, dit-il.

Tout le monde se rend dans la pièce la plus majestueuse du Manoir, celle qui abrite la bibliothèque. Tout en boiseries et en tentures, elle rappelle le faste de certains palais sur AutreMonde. Les différents marbres du sol, qui viennent directement de la planète magique, représentent les armoiries du Lancovit, d'où la grand-mère de Tara est originaire. C'est justement vers le centre de ce dessin que s'arrête Manitou, entouré de l'équipe Alpha.

— C'est ici, sous le symbole étoilé, annonce Manitou.

— Par le Levitus ! dit Tara en levant les bras.

Le rond central se descelle et s'élève, entraînant avec lui un tube en cristal dans lequel scintille un sceptre en or surmonté d'un immense diamant.

— Voici le sceptre d'or, mes enfants, un objet démoniaque aux pouvoirs mystérieux que les Harpies cachaient dans leurs grottes jusqu'à ce qu'un jeune aventurier du Lancovit parvienne à le leur dérober. Il s'agissait de ton père, Moineau.
— Mon père ? s'étonne-t-elle. Mais pourquoi voulait-il ce sceptre ?
— Je l'ignore, répond Manitou. Tout ce que je sais, c'est qu'il l'a confié au conseil des Guetteurs sur AutreMonde afin que les Harpies ne le retrouvent pas. Il fut décidé de l'envoyer ici sur Terre, sous la protection d'Isabella et du Manoir.
— Merci pour ce cours d'histoire, Manitou ! tonne une grosse voix derrière eux, mais vous n'auriez jamais dû leur montrer la cachette de cet objet dangereux.

La pièce s'emplit d'un tourbillon de lumière dorée d'où surgit un immense dragon.

— Maître Chem ! s'écrie Moineau, nous avons besoin de ce sceptre pour l'échanger contre une potion qui me redonnera ma magie et mon apparence.

Le dragon se racle la gorge, ce qui fait trembler les murs. Aussitôt les portes et les fenêtres se mettent à claquer pour montrer le mécontentement du Manoir. Le dragon n'y prête guère attention.

— Hum… Hum… Il s'agit de la Harpie que tu as essayé de capturer ? demande Chem à Tara.

— Oui, elle s'appelle Nélos, répond la jeune sortcelière.

— Nélos… soupire le dragon. Je la connais. C'est une ambitieuse. En retrouvant le sceptre qui fut par le passé la propriété des Harpies, elle espère devenir le chef de son peuple et lutter contre les sortceliers. Nous ne pouvons en prendre le risque ! Je suis désolé, Moineau, nous allons trouver un autre moyen. Je mets immédiatement les meilleurs savants d'AutreMonde sur le coup pour étudier ton cas.

— Si ce sont les mêmes savants qui étudient le mien depuis soixante ans... commente Manitou, d'une voix froide.

Maître Chem ne relève pas l'ironie mordante de la remarque.

— Tara, range le sceptre, c'est un ordre.

À contrecœur, la jeune fille obéit.

Moineau quitte la pièce en claquant la porte, provoquant une nouvelle colère du Manoir. Cal la suit pour tenter de la calmer.

— Équipe Alpha, conclut le chef des Guetteurs à l'attention de Tara, votre mission consiste à entourer Moineau de toute votre amitié pendant ces heures difficiles. Je me charge personnellement de retrouver Nélos dès que j'en aurai terminé ici. Quant à vous, Manitou, évitez de mettre des idées folles dans la tête de ces jeunes sortceliers. Dites ceci à

Moineau de ma part : « L'apparence n'est rien, au regard de la beauté intérieure. »

Le tourbillon de lumière dorée fait disparaître le dragon.

L'apparence n'est rien… Tara soupire. Maître Chem n'a décidément aucune idée de ce que peut vivre une fille de dix-sept ans !

— *Les savants d'AutreMonde*, répète le chien, amer, en s'éloignant. Une belle brochette d'incapables, oui ! Je continue à chercher de mon côté.

Tara reste seule dans la grande bibliothèque et regarde fixement la cachette du sceptre. Elle n'a aucune envie de laisser Nélos s'en tirer aussi facilement…

Lorsqu'elle rejoint ses deux amis dans sa chambre, Tara tient le sceptre d'or dans ses mains. Moineau passe ses nerfs sur tous les oreillers et coussins en les éventrant. Cal a renoncé à essayer de l'apaiser. La décision de Tara est prise.

— Moineau ! appelle-t-elle. Nous allons au rendez-vous. Maître Chem ne se rend pas compte de l'urgence de la situation. Nous faisons l'échange et tout de suite après nous capturons Nélos.

Moineau cesse immédiatement son saccage et prend Tara dans ses bras puissants, éperdue de reconnaissance.

Cal emprunte le téléphone Nonsos de Tara et sort de la chambre.

Heureusement qu'il avait eu la présence d'esprit d'apprendre par cœur le numéro de Camille grâce à la fiche client de l'animalerie ! Il tombe sur son répondeur et lui laisse un message disant de passer une heure plus tard que prévu.

— Manoir ? demande-t-il à voix haute. J'attends la visite d'une Nonsos, mais il se peut que je ne sois pas à l'heure. Elle s'appelle Camille et je t'autorise à la laisser entrer dans la propriété le temps que je revienne.

Pour dire son accord, Manoir émet un souffle de vent chaud qui s'engouffre dans le couloir et ébouriffe les cheveux du garçon. Cal préfère être prudent, car, partir en mission avec Tara Duncan, c'est à coup sûr s'exposer à de nombreux imprévus !

Chapitre 4

L'échange

Le vol d'oiseaux quittant précipitamment la cime des arbres trahit l'arrivée d'un prédateur dans les bois. Nélos comprend que son rendez-vous est arrivé. Elle descend vers le parc et aperçoit effectivement une silhouette massive et poilue s'asseyant sur un banc. Aucun autre sortcelier en vue. La Harpie se pose, les yeux rivés sur le sceptre que tient Moineau.

— Tu es plus raisonnable que ton père, persifle la Harpie, cet avorton ridicule et méprisable qui avait osé nous priver de notre relique sacrée !

— Je t'ai assez entendu, volatile déplumé aux yeux vitreux, lui rétorque Moineau, qu'on en finisse ! Voilà le sceptre, je veux la potion.

La Harpie fait apparaître une fiole dans sa main et la tend à Moineau. Elles échangent fiole et sceptre.

— Que comptez-vous faire avec ce sceptre, bouse de vache incontinente ? demande Moineau.

— Ce ne sont pas tes affaires, stupide sortcelière décérébrée ! ricane la Harpie en prenant son envol.

C'est le moment qu'attendaient les deux autres Guetteurs, habilement cachés derrière la végétation.

— Par l'Encordus ! crie Cal, tandis que Tara s'élance vers le banc.

La magie dorée de Cal se matérialise en un filin qui fuse vers la Harpie et s'enroule autour de ses jambes. Il n'a plus qu'à tirer un grand coup sur la corde et la Harpie retombe face contre terre. Le temps de se relever, Tara est déjà sur elle et la plaque au sol d'un coup d'épaule. Sous le choc, la Harpie lâche le sceptre, dont Moineau se saisit en poussant un cri de victoire. Voilà ce qui s'appelle un parfait travail d'équipe !

Il en faut plus pour tenir une Harpie en respect. Nélos déploie ses ailes, renversant Tara. De sa patte, elle tranche le filin et s'envole en évitant le Paralysus que lui jette Cal. Elle a vite fait de disparaître derrière un nuage. Cal donne un coup de pied rageur dans le vide.

Encore raté !

— Laisse tomber, Cal, dit Tara. Nous avons l'antidote et le sceptre. C'est le principal.

Cal reconnaît que Tara a raison. De plus, il a plus intéressant à faire que de courir après cette Nélos. Il consulte sa montre. Ouf, il est toujours dans les temps pour accueillir Camille.

Une fois rentrée au Manoir, l'équipe Alpha retrouve Manitou.

— Bravo, les enfants, vous avez l'antidote ! Alors, quelle posologie vous a indiquée la Harpie ?

— « Poso… » quoi ? demande Cal.

— Quelle dose doit prendre Moineau et faut-il espacer les prises ? explique le chien.

Les trois amis se regardent, embêtés.

— Désolée, Manitou, mais la consultation fut assez brève et la potion est livrée sans ordonnance, ironise Tara.

Le vieux chien réfléchit un instant.

— Hum… Soyons méthodiques et rationnels. Nous allons procéder progressivement jusqu'à trouver la dose adéquate. Moineau, tu commences par une goutte, et une seule.

Cal ouvre la fiole et verse une goutte dans un verre d'eau. Moineau s'en empare et avale le liquide d'un trait.

Tous l'observent avec attention, mais rien ne se passe.

— C'était prévisible, annonce Manitou. Passons maintenant à deux gouttes.

Cal regarde la fiole, atterré.

— Vous avez vu la contenance de la fiole ? s'écrie-t-il. À ce rythme, nous en avons pour deux jours au moins ! Mon rendez-vous est dans un quart d'heure !

— Et moi dans deux heures ! rugit Moineau.

Elle arrache la fiole des mains de Cal et la vide d'un trait.

— Moineau, non ! s'écrie Manitou.

L'inquiétude de l'arrière-grand-père de Tara est sans fondement. À part un hoquet disgracieux, la potion ne provoque aucun changement visible sur Moineau.

— Nélos m'a trompée ! Je sens que je vais tout casser !

Moineau se saisit d'un fauteuil et le lance contre le poster de Madney Speer, la chanteuse préférée des filles.

— Par le Calmus ! incante Tara.

La magie bleue de la jeune fille s'enroule autour de Moineau dont ses membres s'engourdissent. La Bête s'affale alors sur le lit, tranquillisée.

— C'est la première fois que je reste aussi longtemps sous cette forme, murmure Moineau, et je sens… je sens que ma nature bestiale est en train de prendre le dessus. C'est horrible… Je… Je ne contrôle plus mon corps… Un autre Calmus, vite !

Tara obéit ; la magie la frappe à nouveau.

— Il faut trouver autre chose que la magie pour canaliser ses instincts de bête, quelqu'un a une idée ? demande Tara, catastrophée par ce qui arrive à sa meilleure amie.

— La nourriture ! s'écrie Manitou. Quand je sens mes instincts canins m'envahir, je mange. Ça ou je ronge une paire de chaussons d'Isabella…

— Oublions les chaussons ! Je m'occupe de rassembler toute la nourriture que je trouve en cuisine ! crie Cal en s'élançant hors de la chambre. Rejoignez-nous dans cinq minutes !

— Je viens avec toi, Caliban, propose Manitou, je sais où Isabella cache les réserves…

Une fois qu'elles sont seules, Tara s'assoit à côté de son amie après lui avoir appliqué un troisième Calmus.

— Désolée de devoir utiliser la magie, Moineau, mais c'est pour ton bien.

— Je sais… réussit à articuler Moineau… Si tu savais ce que je ressens, Tara… C'est horrible, j'ai l'impression de… de « partir » !

Tara ne comprend pas ce que veut dire Moineau jusqu'à ce que le collier de cette dernière s'illumine pour devenir la panthère Sheeba, son familier. L'animal, au lieu de venir se pelotonner contre sa maîtresse ainsi qu'elle le fait habituellement, gagne le fond de la pièce en lançant des regards apeurés vers Moineau, avant de se réfugier sous la commode…

Tara déglutit avec difficulté. Lorsqu'un familier s'éloigne de son sortcelier, c'est très, très mauvais signe. La jeune sortcelière sent la colère qui monte en elle. Elle donnerait cher pour se défouler sur la responsable de tout cela.

Tara est loin d'imaginer que Nélos est beaucoup plus proche d'elle qu'elle l'imagine : la Harpie décrit des cercles rageurs dans le ciel du Manoir.

— Je n'ai maintenant plus le choix ! peste Nélos. Il faut que je pénètre dans cet endroit coûte que coûte.

Elle aperçoit alors une voiture qui s'arrête devant la grille du Manoir. Les Duncan ont de la visite ! Nélos n'hésite pas et plonge vers sa prochaine victime.

— Ne t'inquiète pas, chaton, je reviens tout de suite, dit Camille à l'attention du chat qui miaule dans son casier posé sur la banquette de la voiture.

La jeune fille referme la portière et traverse la route jusqu'à la grille. Elle est surprise d'apercevoir le magnifique Manoir à l'autre bout du chemin. Elle s'apprête à sonner à l'interphone lorsqu'elle sent comme une ombre qui descend sur elle.

Loin d'imaginer le drame se déroulant à quelques mètres d'eux, Tara et Moineau rejoignent Cal et Manitou en cuisine. La table regorge de victuailles que Manitou a déjà bien entamées.

— Désolé, Moineau, je ne t'ai pas attendue… s'excuse le chien, la gueule pleine.

Pour toute réponse, la Bête se jette sur d'énormes cuisses de poulet qu'elle se met à dévorer avec férocité.

— C'est bon, Cal, dit Tara. Va à ton fameux rendez-vous. Je t'appelle si j'ai besoin d'aide. Il n'y a malheureusement pas grand-chose à faire pour l'instant.

Cal sort de la cuisine et regagne sa chambre, un peu à contrecœur. Sa décision est prise. Quand Camille arrivera, il lui demandera de remettre leur rendez-vous à plus tard dans la soirée. Il lui est impossible d'abandonner ses amies dans un moment pareil.

— Manoir, je prends une douche ! Camille doit bientôt arriver. N'oublie pas, tu la laisses entrer.

Pendant ce temps, dans la cuisine, Moineau s'acharne sur les dernières pièces de viande. Elle semble insatiable alors que Manitou, repu, somnole sur son coin de table. Tara le secoue.

— Manitou, Moineau a bientôt fini son repas et elle ne semble pas vouloir se calmer, qu'est-ce que je fais ? Je lui applique un autre Calmus ?

Manitou ouvre tout à coup un œil, puis les deux.

— *Un autre Calmus*, répète-t-il. Par les Trompettes de la Renommée ! Quel idiot je suis ! La potion de la Harpie a marché puisque tu as réussi à lui appliquer un Calmus tout à l'heure !

Tara comprend à son tour.

— La magie fonctionne à nouveau sur elle, alors ? Par le Transformus ! crie Tara, envoyant un flux magique sur Moineau… qui ne change pas d'apparence.

Tara baisse les épaules. Fausse joie.

Manitou tourne en rond sur lui-même, comme s'il pourchassait sa queue, signe d'une intense réflexion.

— La magie est de retour sans pour autant ramener le sujet à son état initial… Je pense que nous avons affaire à un effet collatéral qui doit être lié à la Nature Double de la famille Daavil !

— Sa *Nature Double* ? relève Tara.

— Oui, explique le chien, comme beaucoup de créatures d'AutreMonde, les sirènes ou les loups-garous, par exemple, Moineau est à la fois humaine et… autre chose. Ces créatures ont un métabolisme très particulier. La bonne nouvelle est qu'il existe un ouvrage qui traite de ces cas spéciaux ! Et nous en avons une édition, ici au Manoir, dans la bibliothèque, section « Biochimie d'AutreMonde », dirais-je de mémoire.

— Manitou, tu es génial ! dit la jeune fille en déposant un bisou sonore sur la truffe du gros chien.

— Il m'arrive de le penser. Et puis je réfléchis toujours mieux le ventre plein…

— Je vais chercher le livre ! s'écrie Tara en quittant la pièce.

— Et moi, qu'est-ce que je fais avec… la *Nature Double* ?

— Gagne du temps !

Manitou déglutit avec difficulté. Moineau vient justement de finir sa dernière pièce de viande et commence à jeter des regards gourmands vers lui.

— Moineau ! proteste le vieux chien. Pourquoi me regardes-tu comme si j'étais un rôti sur pattes ?

La Bête commence à avancer vers lui.

— Moineau, sois gentille, et je… et je te montre où je cache mes os à moelle… Non ? Des croquettes, peut-être ?

Pour toute réponse, la Bête se saisit d'une chaise qu'elle lance de toutes ses forces. Manitou l'évite de justesse. Le projectile heurte le bas d'un vieux buffet qu'il éventre, révélant un garde-manger secret renfermant de gros jambons. Moineau se jette dessus.

— Je ne connaissais pas cette cachette ! s'écrie le chien.

La sonnerie du Manoir retentit. Manitou profite de l'occasion pour s'éclipser, abandonnant Moineau à son festin.

Dissimulée dans sa cape, Nélos sonne une seconde fois. La caméra de la grille se braque sur la visiteuse.

— Je m'appelle Camille, j'ai rendez-vous avec Caliban. Puis-je entrer ? demande la Harpie en utilisant les informations qu'elle a soustraitées à la vraie Camille.

Le Manoir hésite. La visiteuse ne lui dit rien qui vaille, mais les ordres de Caliban sont clairs. La grille se déverrouille. Nélos n'a plus qu'à la pousser et à entrer. À peine a-t-elle fait quelques pas dans l'allée que retentissent les aboiements furieux d'un chien. Nélos a passé suffisamment de temps à espionner la propriété Duncan et ses habitants pour avoir

envisagé cette situation. Elle sort le chat de Camille de sa cape et le lâche. Le chat et le chien se retrouvent un court instant truffe à truffe. Le félin détale à travers la pelouse. Manitou essaie de résister à ses instincts canins mais…

— Je suis un sortcelier, je suis un sortcelier… se répète-t-il mentalement.

C'est plus fort que lui : il bondit à la suite du chat en aboyant.

La voie est libre pour la Harpie, qui court et s'engouffre dans la demeure. Le Manoir sent confusément que quelque chose ne va pas et déclenche une procédure d'urgence qui permute certaines pièces entre elles. Lorsque la Harpie ouvre la porte de la cuisine, elle se retrouve à la cave. Quand elle descend au sous-sol, c'est un grenier qui l'attend.

— Par l'haleine fétide du zombie putrescent ! Qu'est-ce que c'est que cette maison !

Le juron confirme au Manoir qu'il n'a pas affaire à une inoffensive Nonsos. Le plan anti-intrusion est enclenché. Maintenant, lorsque Nélos ouvre une porte, c'est pour y trouver un précipice qui manque de l'engloutir, l'intérieur d'un brasier qui lui brûle les plumes ou une pluie de lames qui essaient de la transpercer.

En même temps, le Manoir alerte Cal en fermant l'eau chaude de la douche du garçon.

— Manoir ! Qu'est-ce qui te prend ? demande Cal en se rhabillant.

Le cristal du sortcelier se met à vibrer. Cal le connecte : le Manoir y transmet les images de la caméra de la grille. Il y voit une voiture stationnée mais qui tangue bizarrement, comme si quelqu'un se débattait à l'intérieur.

Dans le reflet du rétroviseur, Cal reconnaît le visage de Camille, bâillonnée.

Chapitre 5

Le Beau et la Bête

Loin de se douter des événements qui agitent le Manoir, Tara se trouve dans la bibliothèque, plongée dans une pile de vieux livres poussiéreux.

— *La Nature Double expliquée aux pas-doués* par Vlour Mabri, lit-elle, victorieuse. C'est loin d'être une édition récente, mais je crois que j'ai trouvé !

Tara consulte le livre, faisant tourner les pages à toute vitesse grâce à la magie.

— *Le cas des Transformus-Blocus des Natures Doubles*. J'y suis ! s'écrie la jeune fille avant de commencer à lire : *En cas de Blocus ou autre empoisonnement inhibiteur de magie, les Natures Doubles ne se retrouvent pas seulement privées de leurs pouvoirs mais doivent endurer une double peine : elles restent prisonnières de leur enveloppe non humaine. Attention, les remèdes sont parfois pires que le mal. Il ne faut jamais, je dis bien jamais, redonner au patient ses capacités magiques avant qu'il ait retrouvé son apparence. Ce serait le condamner à rester ainsi jusqu'à la fin de ses jours.*

Le livre tombe des mains de Tara.

— Oh non, Moineau ! Qu'avons-nous fait ?!

Des larmes lui montent aux yeux. Moineau ne sera plus jamais humaine… Tara se sent vaciller, mais elle se reprend. Dans un monde gouverné par la magie, il y a forcément une solution ! Il faut qu'il y en ait une ! Jamais elle ne laissera tomber sa meilleure amie.

Tara reprend le livre. Il doit y avoir une précision, une annotation – n'importe quoi qui puisse lui redonner un peu d'espoir. Les pages défilent et toujours rien. Tara est sur le point de renoncer lorsque le miracle se produit : une note de bas de page attire son attention.

— … *Il est à noter qu'il fut relevé dans le passé des cas de guérison grâce à la magie démoniaque. Nous pensons notamment à l'« artefact de Khazimir », que l'on connaît aussi sous le nom de « sceptre d'or ». Aux dernières nouvelles, il serait possédé par le clan Harpie des Montagnes du Tador…*

Hourrah !

Tara danse sur elle-même. Le remède était là, depuis le début, sous leur nez !

— Par le Levitus ! s'écrie la jeune fille en dirigeant ses mains vers le sol de la bibliothèque.

Aussitôt, le sceptre sort de sa cachette. Tara, va pour s'en emparer mais…

— Par le Supplicius !

L'attaque prend Tara par surprise. Le jet de magie la renverse au sol en provoquant des douleurs atroces dans tout son corps. L'effet ne dure pas longtemps mais, pour Tara, chaque seconde paraît une éternité. La douleur finit par refluer, la laissant pantelante et inerte. Elle regarde, impuissante, Nélos qui scelle toutes les portes, les isolant du reste du Manoir. Ce dernier se retient de faire tomber une pluie de pierres sur l'intruse, car il risquerait de blesser Tara. La demeure vivante des Duncan est obligée de reconnaître sa défaite ; elle a fait ce qu'elle a pu, les plumes noircies de la femme-oiseau en attestent, mais plus personne ne peut s'opposer à ce que la Semchanach s'empare du sceptre dans un cri victorieux.

— Il est à moi ! hurle-t-elle.

Tara mobilise toutes ses forces. Il est hors de question qu'elle laisse la Harpie voler le dernier espoir de Moineau de redevenir humaine.

— Par le Mouvus ! crie-t-elle en tremblant.

L'attaque manque de surprendre la Harpie, qui croyait Tara hors jeu, mais le sceptre agit comme un bouclier et envoie le sort de la sorcelière se perdre dans la bibliothèque.

— Par le Levitus-Paralysus ! réplique Nélos.

Un halo magique s'empare de Tara et la lève à plus de deux mètres du sol. La jeune fille est incapable du moindre mouvement. Seules ses lèvres peuvent encore bouger.

— Laisse ce sceptre tranquille ! À cause de toi, Moineau est condamnée ! Sale bestiole putride infestée de mites ! Volatile ignoble et malfaisant. Que tes dents pourries se déchaussent et que tes entrailles puantes s'emplissent de naphtaline !

La Harpie ricane et brandit le sceptre.

— Je ne sais pas ce qu'est la naphtaline, mais j'aime bien ton style, jeune raclure aux cheveux filasse. Je t'autorise à assister à l'avènement de la nouvelle Nélos. Par le Transformus !

La magie de la créature est avalée par le sceptre, qui se met à flamboyer. Une fumée d'un blanc aveuglant en ressort et s'enroule autour de la Harpie. Tara réussit à fermer les paupières pour protéger ses yeux de cette lumière éclatante.

À l'extérieur, Cal vient d'attraper le chat, qu'il remet dans la voiture de Camille. Cette dernière est sous un Mintus qui la fait somnoler. Cal a été obligé de parer au plus pressé. Manitou ne peut s'empêcher de bondir tout autour du véhicule à cause du chat.

Une voix les interpelle.

— Regardez la… la… la bibliothèque !

Il s'agit de Moineau. La Bête étant rassasiée, la jeune fille a réussi à reprendre le contrôle d'elle-même le temps de venir les prévenir. Cal et Manitou passent la tête par la grille et aperçoivent de grands jets de lumière qui jaillissent des fenêtres.

— La bibliothèque ? s'étonne Manitou, avant de comprendre et de crier : Tara est dans la bibliothèque !

— Ainsi que le sceptre ! s'étrangle Cal en s'élançant dans le Manoir, suivi par les deux autres.

Lorsque Tara réussit à rouvrir les yeux, la Harpie a disparu. À la place se tient une magnifique femme vêtue d'une longue robe noire. Sa taille est élancée, son port de tête majestueux. La blancheur de sa peau met en valeur des lèvres rouge sang. Seuls ses yeux gardent un éclat jaune, rappelant la Harpie qu'elle était encore quelques secondes auparavant.

La femme pousse un cri de victoire. Tara est abasourdie.

— Vous n'avez jamais voulu le sceptre pour devenir la chef des Harpies, vous le vouliez pour… devenir humaine ? s'étonne Tara.

— Et ainsi plaire à l'élu de mon cœur ! ajoute Nélos.

L'idée qu'une Harpie puisse tomber amoureuse de quelqu'un est bien la dernière chose qui serait venue à l'esprit de Tara.

— Par l'Apparitus, que s'ouvrent l'espace et le temps, et qu'AutreMonde vienne à nous ! incante la sublime créature.

Un cercle de magie blanche sort du sceptre et se déploie dans toute la pièce. À l'intérieur du cercle, l'image se brouille, remplacée par un tourbillon qui laisse apparaître une chambre que l'on devine richement décorée malgré la pénombre. Au milieu de la pièce, un homme dort dans un lit à baldaquin.

Une porte de transfert! Nélos a réussi à ouvrir un vortex entre la Terre et AutreMonde !

— Le pouvoir de ce sceptre est phénoménal, jubile Nélos, ivre de puissance. Par le Mouvus !

Le dormeur ainsi que son lit sont aspirés à travers ce passage et atterrissent brutalement sur le sol du Manoir. Le vortex se referme.

Dans le lit, l'homme aux longs cheveux blonds, dans la force de l'âge, se retourne dans son sommeil et se met à ronfler.

Chapitre 6

La Belle et le très bête

— Qui est-ce ? demande Tara.
— Le prince Maximilien Trond'or du Lancovit, répond Nélos d'une voix frémissante. Un jour qu'une puissante tempête m'avait déroutée sur les côtes, j'ai trouvé refuge dans un

donjon désaffecté de son château. Et c'est là que je l'ai aperçu. Et depuis ce jour je me suis juré de gagner son amour. Et il est enfin à moi, rien qu'à moi !

Maximilien Trond'or ? Tara fait le rapprochement avec le célèbre chanteur d'AutreMonde. Si celui-ci est dans son lit, dans ce cas le concert auquel assistaient sa grand-mère et Maître Chem est terminé, et ils peuvent donc revenir sur Terre d'une minute à l'autre ! Elle reprend espoir.

C'est alors que l'homme ouvre un œil. Puis deux.

— Que le Grand Chaudron d'Amour m'éclabousse ! s'écrie le prince. Où donc m'ont porté mes rêves tumultueux ?

— Vite ! Utilisez votre magie ! essaie de le prévenir Tara. On vous a enlevé ! Défendez-vous !

Contre toute attente, cette nouvelle ne semble guère surprendre le kidnappé.

— Enlevé ? Encore ? Comme c'est lassant à la longue… Moi qui viens juste de m'endormir après mon récital ! Et qui donc est ma ravisseuse, cette fois-ci ? demande l'homme, blasé.

— Moi ! dit Nélos en s'avançant d'une démarche chaloupée.

L'effet est immédiat. Devant cette sublime apparition, l'homme bondit de son lit mais se rend compte qu'il ne porte qu'une chemise de nuit de dentelle. Il parvient à se donner malgré tout une contenance et se fend d'une révérence ampoulée.

— Belle dame, veuillez excuser cet accoutrement, j'en suis confus. D'ordinaire, j'anticipe mes enlèvements et sais garder un minimum d'élégance, mais cette fois-ci je dois avouer que vous me prenez de court… et m'en voyez charmé !

Tara n'en croit pas ses yeux et ses oreilles. Qu'est-ce que c'est que cet énergumène !?

— Hé, oh ! Atterrissez, mon vieux ! Nous sommes sur Terre ! annonce Tara.

— Sur Terre ? relève le prince tout enjoué et

en faisant de grands mouvements de bras. Que c'est pittoresque ! J'adore !

— Nous sommes emprisonnés! précise la jeune sortcelière.

L'homme fait un signe négligent de la main vers Tara comme si elle était un insecte nuisible et s'agenouille devant sa belle.

— *Dame, je suis déjà en votre prison, et corps, et cœur, sans exception*, récite-t-il.

— Ce n'est pas une dame! C'est une Harpie ! s'énerve Tara.

— Votre suivante a vraiment une voix très désagréable! se plaint le prince en désignant Tara à Nélos. Pouvons-nous lui donner son congé?

Des coups sourds résonnent contre la porte de la bibliothèque.

— Grands Dieux! Quelqu'un en aurait après mon intégrité physique? s'alarme Trond'or.

Dans le couloir, Cal se lance de toutes ses forces contre la porte à double battant, aidé aussi par le Manoir, mais elle ne bouge pas d'un pouce. Le prince, rassuré, se tourne vers Nélos, qui le dévore des yeux.

— Belle, me laisserez-vous entendre le doux son de votre voix suave ? demande-t-il.

— Oh oui ! Unissons-nous, fiente de corbeau dégénéré !

La phrase est sortie toute seule. Nélos plaque ses mains sur sa bouche, mais il est trop tard.

— Plaît-il ? demande le prince en faisant un pas en arrière.

Tara explose de rire. Une Harpie restera toujours une Harpie, même sous les plus beaux atours.

— Marions-nous sur-le-champ…

La Harpie essaie de résister mais en vain.

— … Chiure de mouche à Brrraaa ! ne peut-elle s'empêcher d'ajouter.

Le prince fait le tour de son lit, histoire de mettre un obstacle entre lui et sa ravisseuse.

Nélos tape du pied. Elle n'est quand même pas devenue humaine pour se faire rejeter si près du but ! C'est SON prince. Il lui appartient !

— Arrête tes simagrées de vieille bourrique décatie et embrasse-moi, ordonne-t-elle.

— Plaît-il !? Ce tutoiement soudain me semble un tantinet prématuré et…

— Tais-toi, fosse à purin toute racornie ! hurle Nélos.

Le prince en a assez.

— Arrêtez de hurler, ça vous fait des rides. Vous ne me plaisez plus du tout. Que l'on me ramène chez moi ! ajoute-t-il en se tournant vers Tara, qui est bien en peine pour l'aider.

— Fuyez, prince, allez chercher de l'aide ! lui crie Tara.

Trop tard. Nélos, sans lâcher le sceptre, bondit par-dessus le lit et plaque le prince contre le mur. Celui-ci essaie de la repousser comme il le peut.

L'attention de Tara est attirée par un pan de la bibliothèque qui coulisse légèrement, laissant voir les têtes de Cal et de Manitou. Le Manoir leur a ouvert un passage secret ! Tara se mord la lèvre. Tant que la Harpie tient le sceptre d'or, ses amis ne peuvent rien tenter contre elle. Comment le lui faire lâcher ?

Nélos plaque ses lèvres contre celles de Trond'or, ce qui provoque comme un flash de lumière vive et une détonation assourdissante. La « femme » est violemment rejetée en arrière. Lorsqu'elle s'écrase au sol, elle reprend son apparence originelle et laisse tomber le sceptre. Le prince pousse un hoquet terrifié. Une Harpie ! Il se félicite de ne pas avoir désactivé son Antikissnonsollicitus, un sort bien pratique pour repousser certaines fans trop entreprenantes à la sortie de ses concerts.

— Maintenant ! crie Tara.

Cal fonce dans la pièce pour ramasser le sceptre. La Harpie saute sur lui. Le jeune

sortcelier a juste le temps d'envoyer le sceptre en direction de Manitou avant d'être plaqué au sol. Manitou bondit et attrape l'objet démoniaque dans sa gueule. Le chien disparaît par une trappe dérobée que lui ouvre le Manoir dans les boiseries. Trond'or ne demande pas son reste et profite de ce passage secret pour s'échapper. Il croise Moineau, qui entre à son tour dans la pièce, luttant contre elle-même.

— Cal ! hurle Tara. Attention aux griffes !

Le jeune voleur retient de toutes ses forces les deux mains griffues de la Harpie, qui pèse de tout son poids. Il regarde, impuissant, une goutte de venin qui se met à couler très près de ses yeux.

Moineau veut se porter à son secours, mais la Bête en elle lui résiste. Plutôt que de lutter, elle décide de ruser et imagine la Harpie en gros poulet rôti. Aussitôt, son instinct de Bête la laisse reprendre le contrôle de son corps… et de sa magie !

— Par le Paralysus ! crie-t-elle.

Un jet de magie mauve frappe la Harpie de plein fouet, la figeant sur place, et annule le sort emprisonnant Tara, qui chute à son tour.

— Merci, Moineau, articule Tara en frottant sa nuque endolorie.

Cal et Tara s'emploient à attacher solidement Nélos.

— Par la barbichette du Premier Sortcelier ! Qu'avez-vous fait de mon Manoir !?

Isabella Duncan se tient à l'entrée de la bibliothèque, tenant d'une main Manitou par son collier — le sceptre d'or toujours en travers de la gueule — et de l'autre le prince Trond'or.

— Grand-Mère ! s'écrie Tara, soulagée, tu es enfin de retour.

— Et je le regrette déjà quand je vois le bazar qui règne ici ! Pourquoi le sceptre est-il sorti de sa cachette ? Que fait cette Harpie ici ? Et qui a vidé tous les garde-manger ?

Quelques explications plus tard, Isabella décide de prendre les choses en main.

— Manoir ? Je déclare la fin de l'alerte. Remets les pièces dans le bon ordre et fais-moi disparaître tout ce fouillis. Papa, tu me rends ce maudit sceptre. Caliban, va délivrer cette pauvre Nonsos dans sa voiture, fais en sorte qu'elle oublie tout ce qu'elle a subi ici. Tara, tu contactes Chem pour qu'il vienne chercher Nélos et Trond'or…

— PRINCE Trond'or ! croit bon de préciser l'individu en question.

— Vous, silence ! J'ai déjà dû vous supporter pendant tout ce récital ridicule sur AutreMonde, alors mettez-la en sourdine !

— Plaît-il ? s'offusque le prince, à qui jamais personne n'a osé parler sur ce ton.

— Moineau, suis-moi, ajoute la vieille dame.

Une fois seules dans le couloir, Isabella se tourne vers la Bête et lui tend le sceptre.

— Tiens ce sceptre et pense très fort à la jolie jeune fille que tu es. Chasse tout doute de ton esprit, c'est très important. C'est à toi de décider qui tu es vraiment. Par le Transformus !

La magie du sceptre s'enroule autour de Moineau et lui redonne son apparence humaine. Aussitôt, le bruit d'une cavalcade retentit dans le Manoir et Sheeba, qui a senti le retour de sa maîtresse, lui saute au cou. Tandis que la sortcelière et son familier sont tout à la joie des retrouvailles, Isabella reprend le sceptre.

— L'artefact de Khazimir a déjà une longue histoire avec ta famille, Gloria. Ton père l'a volé aux Harpies il y a vingt ans pour soigner ta mère, qui était bloquée sous sa forme de Bête à quelques jours de leur mariage. Puis il l'a confié aux Guetteurs pour le mettre en sécurité, car le pouvoir de transformation de cet objet démoniaque pourrait perturber

l'équilibre entre les différentes créatures qui peuplent AutreMonde.

— Le sceptre devrait permettre à Manitou de redevenir humain, alors ? s'enthousiasme Moineau.

— Hélas, non, soupire Isabella. Le sceptre peut transformer des Natures Doubles comme toi ou des hybrides comme Nélos, mais pas un savant inconscient qui a renoncé à sa part humaine pour être immortel. Il ne me reste plus qu'à trouver une nouvelle cachette pour cette chose…

Moineau retourne dans la bibliothèque, où elle trouve ses amis en train de se faire sermonner par Maître Chem.

— Vous avez pris de très grands risques, jeunes sortceliers, en sortant le sceptre de sa cachette. Vous aviez des ordres… ! Néanmoins, vous avez réussi à capturer Nélos, ce n'est pas rien… et je tiens à m'excuser auprès de toi, Moineau. J'aurais dû savoir que le sceptre pouvait te guérir.

Le dragon attrape la Harpie toujours ficelée et la place entre Trond'or et lui.

— Éloignez-vous de moi, proteste le prince, ça me pique les yeux de vous regarder tellement vous êtes vilaine !

Lorsque le tourbillon de lumière dorée finit de faire disparaître les trois habitants d'AutreMonde, la bibliothèque résonne encore des injures de la Harpie.

Chapitre 7

Premiers rendez-vous

— Tu me trouves bien habillée ? demande Moineau au garçon assis face à elle, tandis que la *Sorcière d'Argent* s'agite autour d'eux.

— Bien sûr ! s'exclame le Nonsos. J'adore ton look ! Ta casquette, tes bottes, tout est top !

J'aime bien les filles qui savent être à la fois simples et originales… Moineau sent un grand poids quitter ses épaules.

— Ça te dirait qu'on se fasse une séance de cinéma ? continue le garçon. Et après je t'emmène manger le meilleur steak de la ville !

— OK pour le ciné, mais, pour la viande, désolée, j'ai eu mon compte !

— Ils passent *La Belle et la Bête*, propose Édouard, c'est un remake, mais tu dois peut-être connaître l'histoire par cœur.

— Tu n'as pas idée… murmure Moineau. Optons plutôt pour une comédie romantique.

Les deux adolescents se lèvent et, après avoir payé leur consommation à Johanna, la serveuse, sortent de la *Sorcière d'Argent*. Lorsqu'ils passent devant les grandes fenêtres, tout le monde peut voir qu'Édouard tient Moineau par la main.

— Yes !

Assis dans un box, Cal et Tara se tapent dans la main, se réjouissant pour leur amie. Ils l'ont suivie afin de vérifier qu'aucune nouvelle transformation intempestive n'était à craindre.

— Pauvre Édouard ! Imagine sa tête s'il apprenait que sa petite copine toute timide et mignonnette peut se doter de canines plus tranchantes que des couteaux de boucher…

— Il y a de l'amour dans l'air… soupire Tara, nostalgique.

— Tu es maintenant la seule à ne pas être casée. Il va falloir t'y mettre, ma vieille !

— Tu es casé, toi, peut-être ? s'étonne Tara.

— C'est tout comme ! Voilà d'ailleurs mon rendez-vous ! se réjouit Cal en apercevant Camille entrer dans le café.

Le jeune sortcelier fait un petit signe de la main. Camille se dirige aussitôt dans leur direction ; elle porte son chat dans le creux du bras. Au lieu de s'arrêter à leur table, elle continue jusqu'au box voisin, où l'attend un autre jeune homme. Elle a complètement ignoré Cal, qui en reste bouche bée.

— Qu'est-ce qui lui arrive ? C'est comme si elle ne me connaissait pas !

— Pas difficile à deviner, grand bêta ! lui répond Tara. Tu as mal dosé le Mintus que tu lui as appliqué. Elle en a oublié jusqu'à votre rencontre.

La conversation dans le box d'à côté donne raison à Tara.

— D'où tu sors ce chat ? demande le garçon à Camille.

— Je n'en ai pas la moindre idée, répond-elle. Je l'ai trouvé dans ma voiture. Ça tombe bien, moi qui comptais aller en acheter un. Je crois qu'il s'appelle… Caliban. Ne me demande pas pourquoi, c'est le premier nom qui me vient à l'esprit !

— Tu vois ! dit Tara en riant, elle ne t'a pas

complètement oublié. Allez, Cal, et si tu offrais un verre à ta meilleure amie sortcelière, glaire de Troll périmé !

— Grande cradingue à la bouche baveuse, lui rétorque Cal, se prenant au jeu.

— Plaît-il ? fait Tara.

Les deux amis explosent de rire. Le soir commence à tomber et les premières étoiles vont bientôt apparaître. Plus aucune menace ne plane dans le ciel de Rosemond… pour l'instant !

FIN

Dans la même collection

1. La sirène muette

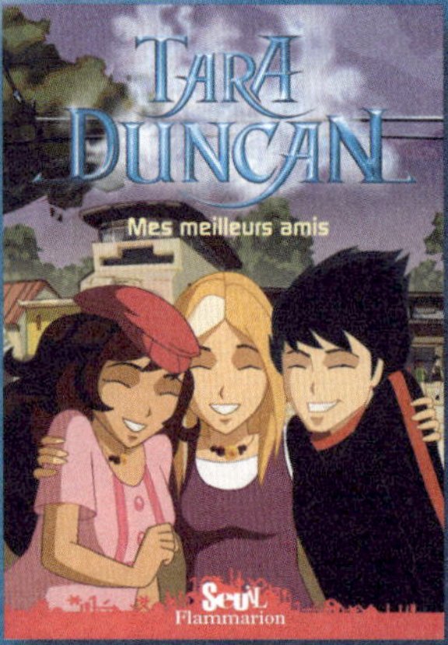

2. Mes meilleurs amis

4. La Licorne décornée

À paraître

5. La soif de l'or
6. Ma sortcelière mal aimée
7. Robin des elfes
8. Sirène malgré elle
9. Quatre parchemins
10. Le regard de Claire

Achevé d'imprimer en août 2010 sur les presses de DEDALO en Espagne
Dépôt légal : octobre 2010